Transforme seu Quarto

Laura Torres

Ciranda Cultural

Editora: Eve Marleau
Designer: Lisa Peacock
Fotógrafo: Simon Pask
Execução dos projetos: Dani Hall

© 2010 QED Publishing

© 2011 desta edição:
Ciranda Cultural Editora e Distribuidora Ltda.
Rua Frederico Bacchin Neto, 140 – cj. 06
Parque dos Príncipes – 05396-100
São Paulo – SP – Brasil
Direção geral Clécia Aragão Buchweitz
Coordenação editorial Jarbas C. Cerino
Assistente editorial Elisângela da Silva
Tradução Janaina L. Andreani Higashi
Preparação Michele de Souza Lima
Revisão Adriana de Sousa Lima e Brenda Rosana S. Gomes
Diagramação Evelyn Rodrigues do Prado

1ª Edição
www.cirandacultural.com.br
Todos os direitos reservados. Nenhuma parte desta publicação pode ser reproduzida, arquivada em sistema de busca ou transmitida por qualquer meio, seja ele eletrônico, fotocópia, gravação ou outros, sem prévia autorização do detentor dos direitos, e não pode circular encadernada ou encapada de maneira distinta àquela em que foi publicada, ou sem que as mesmas condições sejam impostas aos compradores subsequentes.

CUIDADO

Nas páginas nas quais vir este símbolo, peça ajuda a um adulto.

Sumário

Materiais	4
Porta-retratos com pedras	6
Caixa estrelada	8
Porta-retratos maluco	10
Mural	12
Apanhador de luz de CD	14
Arte na camiseta	16
Prendedores divertidos	18
Minicômoda	20
Tachinhas malucas	22
Bandeirinha divertida	24
Suporte para vela	26
Porta-lápis	28
Transformando com estilo	30
Índice	32

Materiais

Seu quarto precisa de uma cara nova? Não há necessidade de gastar muito dinheiro para redecorá-lo. Com alguns materiais e breves instruções de artesanato, você pode transformar seu quarto num espaço único.

Se você não tiver exatamente o que precisa para os projetos, improvise e seja original. Por exemplo, se não tiver pedras para o porta-retratos, use conchas ou gravetos no lugar.

Aqui estão alguns dos itens de que você vai precisar para os projetos:

Brilho – Qualquer tipo de brilho serve para os projetos deste livro, do mais sofisticado ao mais simples. Você pode até mesmo usar pequenas contas ou microcontas.

Pedrinhas – Não são caras e podem ser compradas em embalagens pequenas, em lojas de artesanato. Você pode substituí-las por glitter, contas ou lantejoulas.

Cola – Se um projeto necessita de cola, você pode usar qualquer uma que tiver em casa. A cola branca é padrão, diferente da usada em trabalhos artesanais, que é espessa e não espalha facilmente.

Tesoura – Certifique-se de ter uma boa tesoura para recortar materiais como papel, feltro e lã.

Lembre-se:
Toda vez que for executar um projeto, certifique-se de que a superfície em que irá trabalhar esteja sempre protegida com jornal ou plástico de fácil limpeza.

Porta-retratos com pedras

VOCÊ VAI PRECISAR DE:
- Porta-retratos de madeira com superfície lisa
- Cola especial para artesanato
- Palito de dentes ou de sorvete
- Brilho
- Pedras de vidro

Você e seus amigos ficarão muito bem neste porta-retratos com pedras. Você pode encontrar estas pedras de vidro em floriculturas.

1º Passo
Espalhe uma camada grossa de cola numa pequena área do porta-retratos, com o palito.

2º Passo
Cole as pedras, trabalhando rapidamente, para a cola não secar. Espalhe brilho entre elas.

3º Passo

Repita os passos 1 e 2 até cobrir todo o porta-retratos.

4º Passo

Quando estiver completamente seco, jogue um pouco mais de brilho.

Para um visual rock, use pedras mais escuras e brilho prateado.

Caixa estrelada

Faça uma caixa especial para guardar seus objetos. Você vai arrasar!

VOCÊ VAI PRECISAR DE:
- Caixa de sapatos
- Tinta acrílica nas cores azul-escuro ou roxo
- Pincel
- Cinco contas de madeira grandes
- Cola
- Canetas de gel opacas ou canetinhas metálicas

↑ Você também pode pintar sua caixa com cores brilhantes e flores para a primavera.

1º Passo

Cole uma conta em cada extremidade do fundo da caixa (do lado de fora) para fazer os apoios.

2º Passo

Cole outra conta no centro da tampa para fazer o puxador.

3º Passo

Deixe a cola secar. Pinte a caixa e as contas com a tinta acrílica.

4º Passo

Depois que a tinta secar, use as canetas ou canetinhas para desenhar estrelas e planetas na caixa.

Porta-retratos maluco

Um jeito único de dispor suas fotos e decorar seu quarto ao mesmo tempo.

1º Passo
Corte os canudos em vários pedaços de 2 centímetros. Corte o E.V.A. em pequenos quadrados e losangos.

2º Passo
Passe a linha de pesca por dentro dos pedaços de canudo e pelas formas de E.V.A.

VOCÊ VAI PRECISAR DE:
- 1 metro de linha de pesca
- Canudos de plástico coloridos
- E.V.A.
- Tesoura
- Agulha
- 6 a 8 limpadores de cachimbo coloridos

3º Passo
Repita o passo 2 diversas vezes, até a linha ficar cheia. Amarre a ponta da linha em volta de um pedaço de canudo para segurar.

4º Passo
Torça um limpador de cachimbo entre dois canudos. Faça espirais com ambas as pontas soltas. Repita diversas vezes, mantendo o mesmo espaço entre elas.

Mural

Por que ter no quarto um painel de cortiça sem graça? É fácil decorá-lo para combinar com o seu quarto e torná-lo um mural descolado. Você só precisa de tinta acrílica e criatividade.

VOCÊ VAI PRECISAR DE:
- Painel de cortiça simples
- Fita crepe
- Tintas acrílicas
- Pincel
- Cola especial para artesanato
- Fio pompom

1º Passo
Se seu painel tiver moldura, coloque fita crepe sobre ela para proteger da pintura.

2º Passo
Pinte a frente do painel com a tinta. Deixe secar. Dê uma segunda demão de tinta. Deixe secar.

Apanhador de luz de CD

VOCÊ VAI PRECISAR DE:
- 2 CDs velhos
- Tinta para tecido
- Pedrinhas
- Pedaço de lã ou barbante colorido de cerca de 30 centímetros
- Cola
- Tesoura
- Conta para decorar (opcional)

Pendure este enfeite perto da janela. Ele vai capturar a luz do sol e transformar seu quarto num lindo arco-íris.

Crie um visual cósmico com tinta azul e estrelas brilhantes.

1º Passo

Desenhe figuras sobre o lado brilhante do CD com a tinta para tecido.

14

2º Passo

Antes de secar, cole as pedrinhas sobre a pintura. Deixe secar completamente. A tinta seca vai manter as pedras no lugar.

3º Passo

Espalhe cola sobre o lado oposto de um dos CDs.

4º Passo

Coloque a lã entre os CDs de modo que a parte menor fique sobre uma extremidade e o resto sobre a outra. Junte os CDs.

5º Passo

Quando a cola estiver seca, apare o lado menor da lã ou amarre uma conta. Pendure seu apanhador de luz num lugar bem iluminado.

Arte na camiseta

VOCÊ VAI PRECISAR DE:
- Camiseta velha
- Tesoura
- Isopor ou cartolina de aproximadamente 30 cm x 30 cm
- Fita dupla face
- Lã colorida
- Cartolina colorida

Se você tiver uma camiseta que não sirva mais, não a jogue fora – transforme-a em um lindo trabalho de arte!

1º Passo

Coloque o isopor sobre a camiseta. Corte, deixando aproximadamente 5 centímetros a mais em cada lado.

⬅ Recorte de uma camiseta um personagem de quadrinhos legal para pendurar na parede do quarto.

2º Passo

Dobre a sobra do tecido em cima do isopor. As dobras devem ser bem-feitas.

3º Passo

Use a fita dupla face para prender a camiseta no isopor.

4º Passo

Corte um pedaço de lã de 30 centímetros. Prenda-o a 5 centímetros da parte de cima da camiseta.

5º Passo

Corte um pedaço de cartolina para cobrir a parte de trás da camiseta, depois, use a fita para pendurá-la.

Prendedores divertidos

Transforme prendedores comuns em brilhantes libélulas. Você pode colocá-las em um abajur, nas cortinas ou em livros.

VOCÊ VAI PRECISAR DE:
- Prendedores de roupas
- Olhinhos
- Cola
- Pedaço de malha (como uma redinha), tule ou outro tecido leve
- Tesoura
- Copo de plástico
- Tinta acrílica
- Pincel

→ Use a redinha e o cetim cor-de-rosa para as asas, para fazer uma libélula em estilo fada!

1º Passo

Coloque os prendedores na borda do copo. Encha o copo com pedras ou algum outro objeto pesado para impedir que ele caia.

18

2º Passo
Pinte os prendedores com tinta acrílica. Deixe secar.

3º Passo
Cole os olhinhos perto da parte da frente do prendedor.

4º Passo
Corte quatro asas de diferentes tecidos.

5º Passo
Cole-as e deixe secar.

19

Minicômoda

VOCÊ VAI PRECISAR DE:
- Três caixas de fósforos
- Papel colorido
- Tesoura
- Cola
- Contas

Uma pequena cômoda pode guardar moedas, brincos e outras coisas menores. Use caixas de fósforos para fazer um minibaú do tesouro!

1º Passo

Cole as caixinhas uma sobre a outra. Deixe secar.

2º Passo

Corte um pedaço de papel para embrulhar a cômoda. Dobre em volta das caixas e corte os excessos.

3º Passo
Cole o papel de forma que a junção das duas partes fique no fundo do baú.

Use papel azul--escuro e prateado para uma minicômoda com visual espacial!

4º Passo
Meça a parte da frente de cada gaveta e corte pedacinhos do papel. Cole na parte da frente das gavetas.

5º Passo
Cole uma conta no centro de cada gaveta. Deixe secar.

21

Tachinhas malucas

Dê vida a um quadro de avisos com estas tachinhas malucas. Você pode fazer em diversas cores para criar um divertido mundo dos monstros!

VOCÊ VAI PRECISAR DE:
- Pompons
- Cola especial para artesanato
- Tachinhas
- Feltro vermelho
- Tesoura
- Olhinhos
- Caneta preta

1º Passo

Cole cada tachinha em um pompom.

2º Passo

Corte um pedaço pequeno de feltro, de aproximadamente 0,5 centímetro, para fazer a língua.

3º Passo

Cole dois olhinhos no pompom, do lado oposto à tacha.

4º Passo

Desenhe uma linha preta no meio da língua, depois, cole-a logo abaixo dos olhos.

Faça uma tachinha de flor usando uma almofadinha e um pouco de brilho.

23

Bandeirinha divertida

VOCÊ VAI PRECISAR DE:
- Canudo
- Lã ou barbante
- Feltro de cores diferentes
- Tesoura
- Cola para artesanato

Você pode pendurar esta colorida bandeirinha personalizada na porta do quarto ou na parede.

⬅ Corte formas de flores no feltro para fazer uma bandeirinha de jardim de verão!

24

1º Passo

Corte um pedaço de lã de mais ou menos 1 metro de comprimento. Passe a lã por dentro do canudo e amarre as pontas.

2º Passo

Corte uma bandeirinha de feltro quase da mesma largura do canudo, e aproximadamente 5 centímetros maior do que você quer que ela fique quando estiver finalizada.

3º Passo

Passe a parte de cima da bandeira sobre o canudo e cole.

4º Passo

Corte formas de feltro e cole-as na sua bandeirinha. Deixe a cola secar e pendure a bandeirinha.

Suporte para vela

VOCÊ VAI PRECISAR DE:
- Pote de vidro
- Tinta preta para tecido
- Cola branca
- Tinta acrílica em várias cores
- Copos de plástico
- Palitos de sorvete
- Pincel
- Velas aromáticas

⚠️ CUIDADO

Você pode transformar um simples pote de vidro em um lindo trabalho de arte. Só precisa de cola e tinta!

↑ Desenhe, em seu pote, corações e borboletas para um visual alegre!

26

1º Passo

Use a tinta preta para desenhar no pote. Deixe secar.

2º Passo

Coloque 1 colher de sopa de cola e algumas gotas da tinta acrílica nos copos de plástico para cada cor. Misture com os palitos de sorvete.

3º Passo

Use o pincel para completar o desenho com a mistura da cola e da tinta.

4º Passo

Deixe a pintura secar. Peça a um adulto para ajudá-lo a colocar uma vela no pote ou coloque-o no parapeito da janela.

Porta-lápis

VOCÊ VAI PRECISAR DE:
- Lata vazia e limpa
- Feltro colorido
- Feltro preto e branco
- Lã
- Tesoura
- Cola

Feito de material reciclado, este porta-lápis é lindo e prático. Um ótimo jeito de guardar seus materiais.

Faça dentes com feltro para criar um porta-lápis assustador!

1º Passo

Corte um pedaço de feltro do tamanho certo para encapar sua lata. Corte os excessos, se necessário.

28

2º Passo

Cole uma extremidade do feltro na lata. Coloque um pouco de cola no tecido e encape-a.

3º Passo

Faça olhos com o feltro preto e branco, depois, faça orelhas e um nariz com o feltro colorido.

4º Passo

Cole as orelhas, os olhos e o nariz na lata.

5º Passo

Corte seis pedaços de lã, de mais ou menos 3 centímetros. Cole-os na lata para fazer o bigode.

Transformando com estilo

Se você não tem tudo de que precisa para os projetos deste livro, não se preocupe – você pode customizar cada item com o que tiver em casa.

Página 6
Porta-retratos com pedras

Em vez de comprar pedras de vidro, tente usar pequenas pedras, conchas ou contas maiores que você possa ter em casa.

Página 12
Mural

Suportes de cortiça para copos podem ser uma ótima opção para miniquadros de recados. Pendure-os em grupo para um efeito maior.

Página 18
Prendedores divertidos

Se você não tem tecidos diferentes, pode fazer as asas usando o plástico de sacolas de compra ou mesmo de papel de desenho.

Página 20

Minicômoda

Use papel de embrulho reciclado ou uma página colorida de alguma revista para decorar sua minicômoda.

Página 22

Tachinhas malucas

Não jogue fora jogos ou peças de quebra-cabeças. Cole-os nas tachinhas, no lugar dos pompons.

Página 26

Suporte para vela

Use garrafas ou potes reciclados para este projeto. Se tiverem rótulos, mergulhe por meia hora em água morna, para removê-los mais facilmente. Retire qualquer resíduo de cola e seque completamente antes de pintar.

Página 28

Porta-lápis

Uma caixa de suco funciona muito bem para este projeto. Você também pode usar uma garrafa plástica de iogurte. Certifique-se de lavar e secar bem antes de começar seu trabalho.

Índice

Apanhador de luz de CD 14-15
Arte na camiseta 16-17

Bandeirinha 24-25
Borboletas 26
Brilho 5, 6, 7, 23

Caixa 8, 9, 20
Caixa de fósforos 20
Canudos 10, 11, 24, 25
Conchas 30
Contas 5, 8, 9, 14, 15, 20, 21, 30

Estrelas 8, 9, 14

Feltro 22, 24, 25, 28, 29
Flores 8, 23, 24
Fotos 10

Lantejoulas 5

Minibaú do tesouro 20
Minicômoda 4, 20-21, 31
Mural 4, 30
Olhinhos 18, 19, 22, 23

Pedras de vidro 6, 30
Pedrinhas 5, 15
Porta-lápis 28, 31
Porta-retratos 6, 7, 10, 30
Pompom 12, 13, 22, 23
Pote de vidro 26
Prendedores divertidos 4, 18-19, 30

Quadro de avisos 22

Sacola plástica 30
Suporte para vela 26, 31

Tecido 17, 19
Tintas para tecido 14, 26
Tachinhas 4, 22, 31